艾莉絲‧葛拉維／文

瑪嘉莉‧呂什／圖

李旻諭／吽

臭臭部落

三民書局

你認識住在臭臭部落的孩子們嗎？

他們住在松樹林山頭另一邊的森林裡；
你知道的，就在那架於 1938 年墜毀的飛機殘骸附近。

他們有個很棒的營地，還有幾間用樹枝搭在樹上、很像鳥巢的小木屋。
他們不需要大人也能過得非常好呢！

你看，大孩子們會釣魚，小朋友們會去摘野果和酢漿草花。
他們會生火、會找可以喝的水源，還會看星星來辨別方向。

他們將鎮上傻瓜丟到河裡的垃圾撿起來，還用裝滿枯葉的洋蔥網袋做成足球。

他們用罐頭做成的鍋子烹煮東西，也透過解讀洋芋片包裝上的成分來學習閱讀。

他們把剩下的垃圾，集中放到一個他們稱作「垃圾場」的大坑洞裡。
這也是孩子們用來，嗯，上廁所的地方，你了解吧？

臭臭部落的孩子從來沒有洗過澡，這也是他們被這樣稱呼的原因。
不過，沒有人在乎他們是不是臭臭的，因為除了動物之外，不會有人聞到他們身上的味道。

而且，動物是他們的好朋友。這個紅頭髮的大男孩叫做羅宏，他就養了兩隻狐狸。

而那個綁著辮子的露西，總是有條蛇掛在她的肩膀上。你有聞過蛇的味道嗎？
牠可是比髒兮兮的小孩還要臭呢！

臭臭部落的首領，
是這位非常嬌小的女孩。
她的名字叫做法內特・杜古。

這個小女孩看起來沒什麼特別的，不過，
就在我們說話的同時，臭臭部落今天還能
存在著，都是多虧了她。幾年前，就是她
破壞了伊鳳・卡瑞捕捉孩子們的計畫。

因為臭臭部落的孩子們並不是一直都這樣自由自在。四年前，這些可憐的孩子過得一點也不平靜呢。

就像我之前說的，這一切都是因為伊鳳・卡瑞。

伊鳳・卡瑞是鎮上孤兒院的院長。她掌管的孤兒院非常乾淨、整潔，有一間很大的浴室，以及一間課桌椅乾淨到發亮，又排得極為整齊的大教室。

她還有個陰暗的禁閉室，
專門用來關犯錯的孩子。

伊鳳・卡瑞討厭品行不完美的孩子，
更討厭髒兮兮的小孩。

伊鳳煩惱的是，她的孤兒院裡一個人也沒有。
所有的孤兒都在森林裡自由的生活。伊鳳沒辦法處罰任何人。

香檳一絲

伊鳳‧卡瑞夢想著可以捕捉到臭臭部落的孩子們，好把
他們安置到那間漂亮的孤兒院裡。她無法忍受孩子們沒
人管教又全身髒兮兮的生活著。她說服鎮上的大人們應
該去捕捉臭臭部落的孩子，幫他們梳洗、穿上衣服、修
剪指甲、送他們去上學，還要教導他們守規矩。

伊鳳‧卡瑞好想要捉住臭臭部落的孩子，就連晚上睡覺時都會夢見抓到他們。

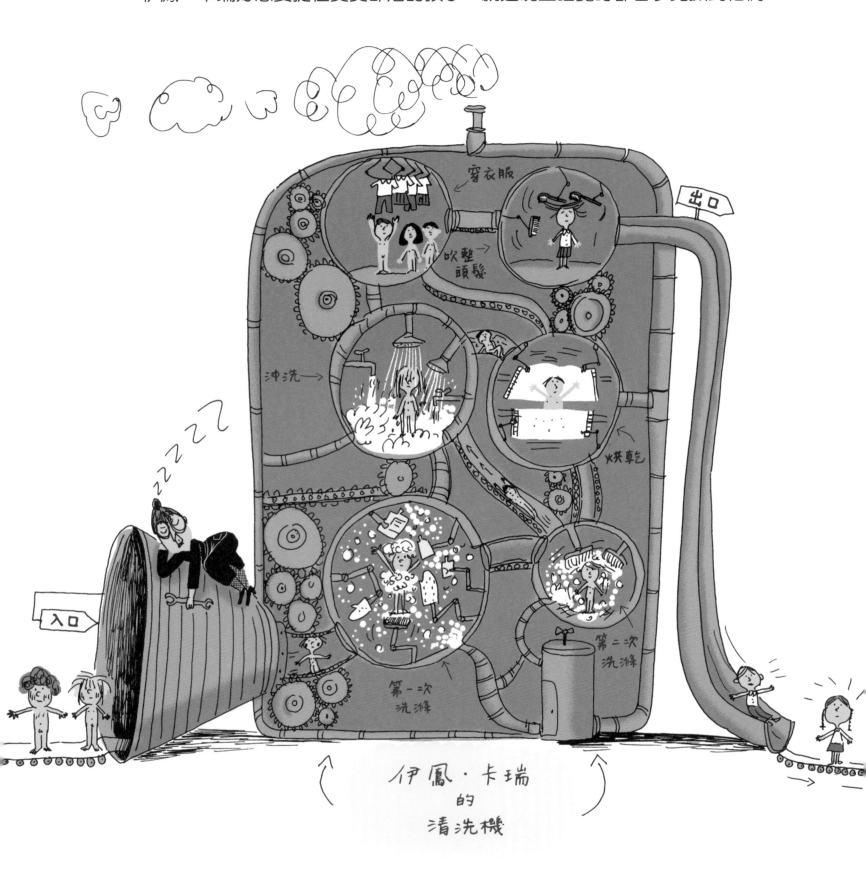

她甚至還打造了一臺巨大的清洗機。
這可不是一臺普通的洗衣機，這是一臺用來清洗髒小孩的機器。
她熬夜了好幾天才建造完成，同時幻想著把所有孩子都放進去好好清洗一番。
最後一步，就是捉到那些孩子；而要完成這件事，她有好幾個計畫。

曾經，她想設陷阱捕捉孩子們。
她到馬太太開的店裡買了一些漂亮的玩具，然後放進清洗機的底部。

她計劃著那些孩子會被玩具吸引，在他們進去後，再迅速的關上清洗機的門。

但是這個計畫沒有成功，因為孩子們對這些玩具完全不感興趣。
洋蔥網袋做的足球對他們來說就已經足夠了。

直到有一天，伊鳳·卡瑞有了一個更邪惡的想法。
她知道，充滿著糖果和蛋糕的派對，是孩子們沒有辦法抵抗的誘惑。
於是，她到杜關先生的雜貨店裡買了一大堆糖果和零食。

她也去古斯塔沃披薩店買了披薩、洋芋片和一些加了醃黃瓜的三明治。
她還親自做了一個超級大的巧克力蛋糕，上頭撒滿糖霜，並放了一些寶可夢的小公仔。

她在孤兒院的大教室裡，
將全部的食物擺在一張大桌子上。
另外，她租了一匹叫做羅伯的迷你馬，
因為和蛋糕比起來，更吸引孩子們的東
西，就是迷你馬。

可是，其他的孩子們沒辦法抗拒誘惑。披薩的味道實在太吸引人了。
就像伊鳳·卡瑞所計劃好的，所有孩子都蹦蹦跳跳的來到了孤兒院。
除了因為不高興而待在樹上的法內特。

你認為，其他孩子會遇到什麼事呢？

沒錯，他們去參加了派對。不過，就在他們享用著小三明治，甚至還沒吃完蛋糕的時候，伊鳳・卡瑞就把身後的門鎖上了。

伊鳳・卡瑞非常開心。她終於可以清洗、吹整頭髮、梳妝打扮這些臭臭部落的孩子們，讓他們變成整潔又乖巧的好學生。

不過，同一時間，法內特·杜古獨自一人非常無聊的待在樹上。

法內特覺得不太對勁。
她一點也不喜歡伊鳳·卡瑞。

她悄悄的、慢慢的接近孤兒院，
卻發現門被鎖上了。

法內特爬到窗戶上，
裡頭的景象讓她嚇壞了。

法內特雖然個頭不高，但腦袋可是非常靈活的。

她很快的跑到營地，在路中間挖了一個大洞，然後用樹枝覆蓋住。

接著，她在泥堆裡滾來滾去，再用一個袋子裝滿石頭，最後回到了孤兒院。
她爬上窗臺，開始扮起鬼臉。

可是，法內特打開了機器的門，自己坐到裡面去。

伊鳳啟動了機器。
其實也沒有那麼不舒服，有點像是旋轉木馬，只是多了些泡沫。
法內特從袋子裡把石頭一顆顆拿出來。

機器的內部就會壞掉。

這正是伊鳳的清洗機所遇到的狀況。

碰！磅！框啷！機器開始解體四散，而門「碰」的一聲爆開了。

香檳─綿羊鎮

孩子們全部從機器裡跑了出來。

法內特跑到迷你馬羅伯身邊，解開繩索。

「快，快上馬！」她對著其他孩子們大叫說。

部落的所有孩子都坐上了迷你馬。

（這是一匹很健壯的迷你馬。）

「快，羅伯，往營地的方向去！」法內特大喊。

「救命啊！」院長大叫著。「孩子們逃走了！大家來
幫幫我，快把他們抓回來啊！」

村民們立即出發去追迷你馬。

來到法內特之前在路中間挖好的洞口邊時，
她拉起羅伯的韁繩，從洞口上方跳過。

但是那些大人們就不同了，他們全都掉進了洞裡。這一次，換他們被困住了。

孩子們把所有大人圍著大橡樹綁起來。

她拿著一根樹枝在木頭上敲三下。

杜關先生和馬太太滿臉驚訝。那可是一條三公斤重的鱒魚啊！
伊鳳‧卡瑞看起來滿臉不高興。

喔，還有，這個審判太可笑了。
馬上把我們鬆綁，小孩不應該跟大人爭
論。不論如何，大人永遠都是對的。你們
要像其他孩子一樣去上學，不用再說了！

杜關先生低頭看著地上，馬太太假裝盯著她褲子上的一隻小螞蟻，
古斯塔沃先生則是摳著自己的手指甲。
法內特‧杜古用樹枝敲了敲木頭。
「雙方都表達了各自的理由，」她說。「陪審團就是在場的每一個人。」
「各位，如果你認為大人們說的有理，請舉手。」
沒有任何人舉手。當然，除了伊鳳‧卡瑞以外。
「現在，認為孩子們說的是對的請舉手。」法內特問道。

每一個人都舉起了手，包括杜關先生、馬太太和古斯塔沃先生。
就連沒有腳的寵物蛇都表示同意。
「那麼，問題解決了，」法內特說，「我在此宣布，大人們找孩子麻煩是有罪的。」
「懲罰是把你們丟進垃圾場裡，然後我們要吃掉你們的蛋糕。」

伊鳳・卡瑞氣得脹紅了臉，她的鼻子好像快要冒出煙來。

孩子們非常驚訝的看著伊鳳。伊鳳大哭了起來。

從沒看過大人哭的露西向她走去，把捕來的那條三公斤重的鱒魚送給她。羅宏則是遞給她一塊蛋糕。

伊鳳・卡瑞吸了吸鼻子，放下交錯的手臂，接過了那一塊蛋糕。

最後，孩子們並沒有把她丟進垃圾場裡，因為他們都很善良。
也因為這樣，臭臭部落重獲自由。
你知道嗎？他們還住在松樹林山頭的另一邊。我們不常看到他們，他們自己過得非常好。

孩子們常常接待伊鳳・卡瑞、杜關先生、古斯塔沃先生以及馬太太等大人朋友的來訪。
尤其是當他們帶來上頭有著覆盆莓、裝飾著寶可夢小公仔的美味巧克力蛋糕時。

故事完